QUELQUES SOUVENIRS

RELATIFS A LA VIE ET A LA MORT

DU

PRÉSIDENT BONJEAN

1804-1871

« Le Président Bonjean est tombé sous les coups des assassins en héros...

« L'antiquité n'a pas vu de plus grande mort. »

Rousse, *de l'Académie française.*

PARIS

IMPRIMERIE TYPOGRAPHIQUE P. MOUILLOT

13, QUAI VOLTAIRE, 13

—

1891

QUELQUES SOUVENIRS

RELATIFS A LA VIE ET A LA MORT

DU

PRÉSIDENT BONJEAN

1804-1871

« Le Président Bonjean est tombé
sous les coups des assassins en
héros...

« L'antiquité n'a pas vu de plus
grande mort. »

ROUSSE, *de l'Académie française.*

PARIS

IMPRIMERIE TYPOGRAPHIQUE P. MOUILLOT

13, QUAI VOLTAIRE, 13

—

1891

QUELQUES SOUVENIRS

RELATIFS A LA VIE ET A LA MORT

DU

PRÉSIDENT BONJEAN

1804-1871

A une époque comme la nôtre, où les caractères énergiquement trempés sont si rares, il est plus utile que jamais
d'offrir au public l'exemple fortifiant des grands hommes qui
ont su porter jusqu'à l'héroïsme la pratique et le sentiment
du devoir.

Mais, quand il s'agit d'une figure historique contempo-
raine, quand on prend pour modèle un homme qui a vécu
dans notre temps et dans notre pays, l'exemple est bien plus
propre à faire impression sur nous; car la proximité des
événements les rend plus saisissants, et leur enlève tout
caractère d'incertitude.

Chacun connaît, dans ses grands traits du moins, la mort
du président Bonjean, tombé victime de son dévouement
inébranlable au devoir le 24 mai 1871, sous les balles des
séides de la Commune de Paris; mais le simple récit de ce
tragique événement ne suffit pas pour mettre complètement
en lumière le caractère de celui qui en a été le héros.

Il faut donc rechercher dans les paroles, les écrits et les
actes du magistrat-martyr tout ce qui peut nous éclairer sur

les sentiments véritables qui l'animaient, et nous faire ainsi pénétrer plus avant dans le secret de cette âme d'élite.

Nous n'avons pas ici à raconter en détail la vie du président Bonjean. On l'a d'ailleurs résumée d'un mot en disant qu'elle avait été « un hymne au travail ».

Bien qu'issu d'une ancienne famille de Savoie, dont un membre siégeait encore au souverain Sénat de Chambéry, quand cet illustre corps fut dispersé par les armées de la Révolution française, Louis-Bernard Bonjean était entré dans la vie par la porte la plus austère.

La ruine, conséquence de désastres publics et privés, s'était abattue sur la maison paternelle; et le jeune homme se trouva orphelin à l'âge de seize ans, n'ayant pour tout patrimoine qu'un petit capital de 10.000 francs, et l'invincible ardeur qui le poussait à chercher dans un travail opiniâtre l'indépendance et la dignité de la vie.

Arrivé à la fin d'une carrière glorieuse, occupant une des plus hautes dignités de l'État, il aimait à rappeler ses pénibles débuts, et à leur attribuer modestement tous les mérites qu'il avait acquis : « Oh ! ma sainte pauvreté, disait-« il parfois, c'est à toi que je dois d'être un honnête homme, « et de n'être pas tombé dans les désordres et les hontes « d'une jeunesse trop facile ! »

Cet amour sincère de la pauvreté était certainement un des traits les plus remarquables du caractère que nous essayons de peindre. — Nul peut-être n'a mieux pratiqué que le président Bonjean, ce détachement des biens temporels qu'enseigne l'Évangile, et qui peut se concilier avec les charges d'un rang élevé, et les devoirs d'un père de famille justement soucieux de l'avenir des siens.

Il poussait la délicatesse en matière financière jusqu'au scrupule, et n'avait jamais voulu que son nom fût mêlé à aucune entreprise industrielle ou commerciale, si honorable et si solide qu'elle pût être.

Mais ce désintéressement s'étendait aussi aux honneurs officiels qu'il eût pu légitimement ambitionner. Toutes les dignités dont il fut successivement investi comme président au Conseil d'État, comme Ministre, comme Sénateur de l'Empire, comme président à la Cour de Cassation, comme grand-officier de la Légion d'honneur, vinrent le surprendre au fond de son cabinet de travail, sans avoir jamais été sollicitées par lui.

Cet homme de devoir considérait, en effet, les fonctions publiques comme des « charges », selon la belle expression d'autrefois, et non comme des avantages qu'on dût rechercher dans son intérêt personnel.

Un autre trait du caractère de l'éminent magistrat était un culte véritable pour la loi, dont il était le représentant. L'exercice du pouvoir judiciaire lui apparaissait comme un Sacerdoce, et jamais il ne croyait pouvoir faire assez pour assurer bonne et prompte justice à ceux qui étaient soumis à sa juridiction. — Au Conseil d'État comme à la Cour de Cassation, on a conservé le souvenir des efforts de travail vraiment prodigieux qui ont signalé la période de sa présidence.

Ce désintéressement et cet amour de l'équité l'avaient rendu inaccessible aux intrigues des partis politiques, et invulnérable à la corruption dorée des courtisans. Mais, son respect de la loi était poussé à un tel point que, lorsqu'il fut arrêté sur l'ordre de la Commune en 1871, il s'étonnait presque naïvement à chaque instant des illégalités commises par des misérables, qui n'avaient d'autre règle que leurs passions haineuses.

Jusqu'aux derniers jours de sa captivité, il conserva un vague espoir qu'on en viendrait à faire comparaître les otages devant un tribunal plus ou moins régulier; et il s'était offert pour présenter la défense de l'Archevêque de Paris, en même temps que la sienne. — Mgr Darboy, son ami et son ancien collègue au Sénat, avait accepté cette proposition ; et le président Bonjean, que rien ne pouvait détourner de ses habitudes laborieuses, écrivit dans sa prison un admirable plaidoyer, dont voici les dernières paroles, que de tels juges eussent été si peu dignes d'entendre :

« Quelle que puisse être votre décision, citoyens jurés,
« dût-elle m'être fatale et terminer bientôt par une mort
« sanglante ma laborieuse vie, le calme de mon âme n'en sera
« nullement troublé. C'est que, voyez-vous, à mon âge,
« quand la conscience est sans reproche, le peu de jours qui
« restent à vivre est un capital de si petite valeur que ce serait
« un marché d'or de le troquer contre l'auréole de pitié et de
« sympathie dont, à défaut de titres plus éclatants, les âges
« futurs ne manquent pas de couronner la mémoire de ceux
« qui ont trouvé une mort sanglante pour rester au poste
« du devoir... Au surplus, advienne que pourra, c'est votre
« affaire plus que la mienne, citoyens jurés, car moi je ne
« risque que ma vie ; vous, vous risquez l'honneur et le repos
« de votre conscience. »

Toute la hauteur de sentiments du magistrat-martyr se révèle dans ces quelques lignes ; mais ce qu'on ignore généralement, c'est l'intuition prophétique, et aussi l'appétence instinctive d'une mort violente et glorieuse, qui hantaient depuis longtemps déjà l'esprit du président Bonjean.

Ceux qui ont vécu dans son intimité l'ont souvent entendu dire, avec la verve originale de son esprit, qu'il ne comprenait pas qu'on pût mourir entre un médecin et une table chargée de drogues, et que pour lui l'échafaud politique était la vraie façon de sortir dignement de la vie. Il aimait aussi à répéter cette parole de Sidney « qu'il faut faire son devoir et rire jusqu'à la mort inclusivement ». — Mais dans un de ses discours au Sénat, en 1863, il se laissa entraîner à une hypothèse si hardie, surtout à cette époque, qu'elle excita les rires de la haute assemblée, et qu'elle ne peut en effet s'expliquer que par une sorte de vision de l'avenir :

« Si ce qu'à Dieu ne plaise, disait-il, il venait à s'établir en
« France un gouvernement néfaste, qui ne pût vivre qu'à la
« condition de transporter à Synnamarie ou à Cayenne
« Monseigneur l'Archevêque de Paris, ses chanoines, les
« curés de Paris, le procureur général de la Cour de Cassa-
« tion,... je vous le demande, que penserait l'Europe d'un
« pareil gouvernement ? »

On le voit, la liste des otages de la Commune avait été à
peu près exactement dressée plus de sept ans d'avance par
l'un d'entre eux; et cela à une époque où l'Empire était
encore à l'apogée de son éclat et de sa prospérité.

Du reste, cette faculté de prévoir les malheurs qui devaient
bientôt fondre sur la France n'était pas un des côtés les
moins remarquables de cet esprit d'élite, qui jouait depuis
longtemps déjà auprès du gouvernement impérial le rôle
d'un prophète de mauvais augure, dont les fâcheuses pré-
dictions étaient assez souvent mal accueillies du pouvoir.

Aussi, les désastres de l'année terrible n'étonnèrent-ils pas
le président Bonjean, tout en déchirant son cœur si haute-
ment français. — Voici d'ailleurs comment il exhalait ses
douleurs patriotiques, dans une lettre datée du 27 janvier 1871, au moment même où la levée du siège de Paris
allait enfin faire cesser les fatigues et les dangers qu'il avait
dû affronter depuis de longs mois :

« Toute lutte a cessé cette nuit à partir de minuit, écri-
« vait-il. — Un armistice vient d'être conclu, signé peut-être
« entre MM. de Bismarck et J. Favre... C'est la honte au
« front et la rage au cœur que je t'écris ces quelques lignes
« à la hâte, regrettant de n'être point mort avant de subir
« une telle honte... Cette misérable fin d'un siège où la popu-
« lation de Paris a montré tant de courage et d'abnégation,
« n'est due qu'à la criminelle incurie des incapables qui ont
« pris en main la direction de nos affaires... Ils nous livrent
« à la merci du vainqueur !... Je viens de voir des gens qui

« prétendent que notre honneur est sauf; — ils ne sont pas
« difficiles. »

L'amour exalté de l'honneur qui éclate dans ces quelques
lignes était un des principaux traits de ce grand caractère;
mais cette passion prenait sa source dans un sentiment
encore plus élevé: le président Bonjean était profondément
chrétien !

L'attitude qu'il avait cru devoir prendre dans la question
romaine, en 1862, sur le terrain purement politique, lui avait
attiré bien des inimitiés, et l'avait exposé à des calomnies
plus ou moins inconscientes de la part de certains adver-
saires égarés par l'esprit de parti. Mais, il suffit de relire le
texte même du discours prononcé par lui à la tribune du
Sénat, pour y voir l'effort sincère d'un véritable catholique,
prévoyant les malheurs qui devaient bientôt s'abattre sur la
Papauté, et cherchant à détourner ces désastres par l'adop-
tion de mesures préventives.

Quand on rapproche d'ailleurs maintenant les conclusions
de ce discours des « desiderata » formulés par le grand
Léon XIII, on ne peut manquer d'être frappé de la surpre-
nante conformité qui existe entre les solutions proposées
alors et aujourd'hui.

Mais le président Bonjean ne se bornait pas à consacrer
ses veilles à l'étude des questions qui pouvaient intéresser
l'avenir de l'Église; — le sentiment religieux prenait parfois
sur ses lèvres une tonalité plus intime et plus touchante.

C'est ainsi notamment qu'en 1863, il prit résolument à la
tribune du Sénat la défense des Polonais opprimés dans leur
foi. — Après avoir rappelé les affreux massacres de Varsovie,
accomplis quelque temps auparavant, et dans lesquels tout
un peuple à genoux sur le pavé des rues, devant les images
de la Vierge, n'avait opposé aux feux de l'infanterie russe et
aux charges des Cosaques qu'une inébranlable résignation, —

il redit avec un accent de conviction, qui émut les plus indifférents, l'hymne chanté par ces martyrs du patriotisme et de la foi, et dont voici la dernière strophe :

« Dieu très Saint, il n'y a pas encore un siècle que la liberté
« a disparu de la terre polonaise, et pour la regagner notre
« sang a coulé par torrents ; mais, s'il en coûte tant de
« perdre la patrie de ce monde, ah ! combien doivent trem-
« bler ceux qui perdront la patrie éternelle ! — Prosternés
« devant tes autels, nous t'en conjurons, rends-nous la
« patrie, rends-nous la liberté ! »

Quelques mois plus tard, prenant encore la défense de la malheureuse Pologne catholique écrasée sous le joug des despotes schismatiques, il flétrissait en ces termes un livre odieux publié récemment par un trop célèbre ennemi de la foi :

« Dans un temps où la grande figure du Crucifié, cette
« idéale figure dont on a dit avec tant de justesse d'expres-
« sion qu'elle passa sur la terre comme une âme sans corps,
« dans un temps où cette austère figure du Christ a été trans-
« formée en je ne sais quel gracieux démocrate, quel char-
« mant révolutionnaire ami des fêtes et des plaisirs... De
« quel droit donc les Polonais se plaindraient-ils d'être appe-
« lés à leur tour révolutionnaires et rebelles ?

« Le Christ mourut pour le salut de l'âme humaine ;
« la Pologne meurt en ce moment pour la civilisation de
« l'Occident.

« Entre la victime de Pilate et celle de Mourawieff, ces
« insultes, Messieurs, sont une ressemblance de plus.

« Pour moi, à l'auteur du livre, je dirai : Ah ! n'abusez pas
« de votre talent pour m'enlever la foi en Celui au nom
« duquel, dans ce moment solennel qui, à mon âge, ne sau-
« rait beaucoup tarder, on viendra m'apporter la consolante
« parole : « *Ego sum resurrectio et vita* » : Je suis la résur-
« rection et la vie. »

Combien de gens auraient aujourd'hui le courage de pro-

*

fesser aussi énergiquement leur foi du haut d'une tribune politique?

Cependant, le président Bonjean sentait la nécessité de combattre ce funeste préjugé, qui voudrait créer une incompatibilité entre les dogmes du Catholicisme et les principes qui régissent les Sociétés modernes. — Mais, en cette matière encore, son esprit, affiné par une vie de solitude et de méditation, voyait de trop haut et de trop loin au gré de certains contemporains. Un jour, au sortir d'une séance du Sénat, le Cardinal-Archevêque d'Avignon avait finement résumé d'un mot cette tendance à devancer les idées de son temps, en lui disant : « Mon cher collègue, à la fin du siècle tout le « monde pensera comme vous ; — votre seul tort est d'être « né vingt-cinq ans trop tôt. »

Voici d'ailleurs en quels termes le futur martyr de la Commune définissait l'accord de la Religion et de la Civilisation moderne. — S'adressant aux élèves du lycée Napoléon, dont il présidait la distribution des prix en 1866, après avoir attiré l'attention des jeunes gens sur les devoirs austères de la vie, il ajoutait ces paroles :

« Mais, pour remplir tous les grands devoirs, il vous faut « un point d'appui qui jamais ne fléchisse, un flambeau qui « jamais ne s'éteigne et qui vous puisse guider dans les « épreuves difficiles, souvent douloureuses, que vous aurez « inévitablement à traverser, comme la colonne de feu gui- « dait le peuple d'Israël dans la nuit du désert.

« Ce point d'appui, ce flambeau, vous ne le trouverez que « dans le sentiment religieux le plus élevé, dans le senti- « ment chrétien.

« Tenez-vous donc en garde contre deux doctrines égale- « ment fausses, également funestes, qui n'ont fait que trop « de prosélytes dans ces derniers temps : l'une qui attaque « la Société moderne au nom du Christianisme, l'autre qui « attaque le Christianisme au nom de la Société moderne.

« A l'une et à l'autre une même réponse suffit.

« Non, non, leur direz-vous, il ne peut exister d'incompa-
« tibilité entre ces deux grandes et saintes choses : Christia-
« nisme et Liberté ; ceux-là seuls peuvent en apercevoir
« l'apparence, qui confondent les principes avec les abus que
« les hommes en ont pu faire.

« Comment donc serait-elle en opposition avec la religion
« chrétienne, cette civilisation moderne qui n'est que la réa-
« lisation, imparfaite encore sans doute, mais plus complète
« qu'en aucun autre temps, des principes de fraternité, de
« liberté et d'égalité que le Christ a, le premier, proclamés à
« la face du vieux monde.

« Ah! ah! ce vieux monde ne s'est pas rendu du premier
« coup ; il résiste encore aujourd'hui. Mais sa résistance est
« vaine ; la victoire n'est plus douteuse, trop de signes l'an-
« noncent de tous côtés.

« Oui, j'en ai la ferme espérance, le jour approche, bien
« qu'à mon âge je ne doive pas le voir, où, abjurant d'étroits
« préjugés et d'injustes défiances, la Religion et la Civilisa-
« tion moderne scelleront enfin cette sainte alliance, source
« divine d'où sortiront, pour les Sociétés régénérées, les
« véritables conditions de l'ordre moral et politique, et,
« pour le genre humain, le règne de la vérité, de la justice
« et de la paix. »

Quelques années plus tard, en 1869, dans la chapelle de
ce même lycée Napoléon, le président Bonjean assistait à la
première Communion de son plus jeune fils. — La cérémo-
nie était présidée par l'Archevêque de Paris, Mgr Darboy ; —
et tandis que l'officiant déposait sur les lèvres de l'enfant le
pain des forts et des vaillants, on vit le grand magistrat
fondre en larmes à la place d'honneur qu'on lui avait réservée, témoignant ainsi, d'une manière émouvante, la profon-
deur et la vivacité de sa foi.

Deux ans après le Pontife et le Président devaient se

retrouver dans des circonstances bien différentes, et sceller ensemble de leur sang leur amour de la vérité et de la justice.

***

Il est temps d'en arriver à ces scènes terribles ; car c'est au cours de cette suprême épreuve que le caractère de notre héros s'est révélé dans toute son indomptable énergie.

Après la capitulation du 28 janvier 1871, les portes de Paris s'étaient rouvertes, et le président Bonjean, qui avait voulu servir, pendant le siège, en simple soldat, se rendit dans une terre voisine d'Évreux, où il demeura quelques jours. — Il s'apprêtait enfin à aller rejoindre sa famille, qu'il n'avait pas revue depuis l'investissement de la capitale, quand il apprit la nouvelle de l'insurrection du 18 mars.

Sans hésiter, il rentra à Paris dans la nuit du 19 au 20 mars, afin de remplir son devoir jusqu'au bout, et le 21 il présidait, comme à l'ordinaire, l'audience de la Cour de Cassation. — C'est au sortir de cette audience qu'il fut arrêté sur l'ordre de la Commune, et que commença pour lui cette captivité qui ne devait finir qu'avec sa vie.

Comme un de ses amis, qui avait réussi à le voir dans sa prison, lui soutenait qu'il avait exagéré le sentiment du devoir en revenant à Paris volontairement, l'impassible magistrat lui fit remettre, peu d'heures après, tout un mémoire justificatif de sa conduite, dont nous extrayons le passage suivant :

« Ce que j'ai fait, je le referais encore, quelque doulou-
« reuses qu'en aient été les conséquences pour ma famille
« tant aimée. C'est que, voyez-vous, à faire son devoir il y a
« une satisfaction intérieure qui permet de supporter, avec
« patience, et même avec une certaine suavité, les plus
« amères douleurs. C'est le mot du sermon sur la montagne :

« Heureux ceux qui souffrent persécution pour la justice !...»
« Que, loin de vous décourager, mon exemple vous soit, au
« contraire, un nouvel encouragement à faire votre devoir,
« quoi qu'il en puisse advenir ; car je puis vous affirmer que,
« sauf la poignante inquiétude que j'éprouve pour la santé de
« ma noble et sainte compagne, jamais mon âme ne fut plus
« sereine et plus calme que depuis que j'ai perdu jusqu'à
« mon nom pour n'être plus que le n° 14 de la 6e division. »

Les inquiétudes qu'elle avait eu à subir pendant la durée du
premier siège de Paris avaient, en effet, profondément altéré la
santé de Madame la Présidente Bonjean. — Cette chrétienne
d'élite, héritière d'une race où les traditions chevaleresques
se transmettaient fidèlement depuis les origines mêmes de la
France, ne devait pourtant pas se laisser abattre par les
épreuves redoutables auxquelles Dieu la réservait. — Jusqu'à la fin, elle sut se montrer digne de son héroïque époux ;
et voici comment elle répondait à une lettre dans laquelle le
Président lui apprenait son retour dans Paris insurgé :

« Tu dois me connaître assez pour être certain que je
« laisserais venir la mort sur moi, plutôt que de t'appeler
« près de moi pour m'aider à la repousser si ce devait être
« aux dépens de ton devoir. Remplis-le donc avec usure,
« sans te préoccuper des conséquences possibles en ce qui me
« concerne ; seulement, dès que tu pourras le faire sans déser-
« ter un poste d'honneur, viens sans plus tarder, je t'en prie. »

Cependant le président Bonjean ne devait pas longtemps
demeurer seul, en sa qualité de « grand otage », comme on
disait alors.

L'Archevêque de Paris, Mgr Darboy, le rejoignit au dépôt
de la préfecture de police dès le 4 avril, et deux jours plus
tard le Pontife et le Magistrat furent transférés ensemble à
la prison de Mazas.

On raconte qu'au moment de monter dans la voiture cellu-
laire qui devait les emmener, une lutte de courtoisie eut lieu

entre les deux illustres prisonniers, aucun d'eux ne voulant passer le premier. — Le président Bonjean finit pourtant par décider le vénérable Archevêque, en lui disant : « Passez, « Monseigneur, la Religion d'abord, la Justice ensuite ».

D'ailleurs, à Mazas comme au dépôt de la préfecture, la captivité des otages se prolongeait dans les conditions les plus pénibles ; et pourtant, parmi les surveillants de la prison, il était resté un certain nombre d'anciens employés, qui faisaient tous les efforts possibles pour adoucir les rigueurs dont ils étaient les instruments bien involontaires.

L'un d'entre eux avait même formé le dessein de faire évader le président Bonjean. Il s'était entendu avec un des amis du grand captif, et toutes les mesures étaient prises pour que celui-ci pût être rendu à la liberté sans courir aucun danger.

Une seule chose restait à obtenir : le consentement de l'inflexible magistrat. Mais celui-ci opposa le refus le plus formel à toutes les instances qui lui étaient faites.

« Lorsqu'on est président à la Cour de Cassation, dit-il, « et qu'on occupe un si haut rang dans la magistrature de « son pays, on ne sort d'une prison que par la grande porte « et au grand jour. »

C'était la seconde fois qu'une semblable proposition lui était faite, et qu'il faisait la même réponse.

Cependant, une autre occasion vint se présenter d'échapper, au moins pour quelques heures, aux horreurs de la captivité. — M. Miot, membre de la Commune, plus égaré que pervers, s'était occupé d'obtenir, pour le Président, une mise en liberté provisoire de quarante-huit heures, afin que celui-ci pût aller en Normandie embrasser sa femme et ses jeunes fils.

Cette faveur était la plus précieuse que pût désirer l'illustre captif, si profondément et si tendrement attaché à sa famille. — Néanmoins, il ne l'eût jamais sollicitée de lui-même, et comme M. Miot, causant avec lui de ce projet, lui demandait s'il consentirait à donner sa parole de revenir au jour indiqué, le Président lui répondit :

« Je vous remercie de me l'avoir demandée ; car jamais je « ne l'aurais offerte, parce que jamais je n'aurais supporté « l'affront que l'on pût douter de ma parole d'honneur. »

Le culte ardent de la loyauté qui éclate dans cette réponse, était peut-être la passion dominante de cette grande âme ; et, à peine le président Bonjean eut-il envisagé la possibilité de cette mise en liberté provisoire, que son principal souci fut de s'informer minutieusement de toutes les conditions de transport, qui lui permettraient d'être rentré à l'heure dite dans sa prison.

Malheureusement, d'ailleurs, de telles préoccupations étaient prématurées : la suprême consolation de revoir une dernière fois sa famille fut refusée au vaillant magistrat.

Du reste, la noble compagne du Président, qui avait appris à connaître ce caractère si fortement trempé, fut presque satisfaite de ce résultat négatif, tant elle redoutait qu'une circonstance imprévue vînt retarder le retour de l'otage, et le faire manquer, malgré lui, à sa parole d'honneur. — Voici d'ailleurs en quels termes elle exprimait ce sentiment dans une lettre adressée à son mari :

« ..... Ce que tu me dis des nouvelles rigueurs introduites « dans la situation des prisonniers dont tu fais partie me « donne la crainte que l'espoir qu'on t'avait donné d'une « liberté de quelques heures sur parole, pour venir me voir « ici, ne doive pas se réaliser... Et pourtant, je partage à un « tel degré l'appréhension que quelque accident indépendant « de ta volonté eût pu entraîner, pour toi, quelque infraction « involontaire à la promesse donnée par toi, que c'est à peine « si j'ose souhaiter que tu coures une si terrible chance ! « Mais combien la noblesse d'un tel scrupule est comprise « par peu de monde !

« Hier encore, quelqu'un osait me dire : « J'espère bien

« que si votre mari peut venir jusqu'ici vous ne le laisserez
« pas repartir! »

« J'en suis demeurée pétrifiée de surprise! Eh quoi donc!
« on m'approuverait de t'aimer d'une tendresse assez lâche
« pour te demander de sacrifier ton honneur à ta sécurité,
« pour vouloir donner le droit de te mépriser à ceux qui
« auraient eu foi en ta parole.

« Oh mon Dieu! comment se peut-il qu'il existe des êtres
« chez lesquels le sentiment de l'honneur et du devoir soit à
« ce point oblitéré! »

Cette lettre était datée du 6 mai, et le président Bonjean
dut la relire plus d'une fois dans sa prison, pendant les quelques jours qui lui restaient à vivre.

Il puisait d'ailleurs à une source encore plus haute les
consolations qui lui étaient nécessaires, au milieu d'épreuves
si exceptionnelles. Un de ses amis lui avait fait passer un
exemplaire du « Nouveau Testament », et ce livre divin fut
le conseiller et l'appui de ses derniers moments.

Cette âme si profondément chrétienne, encore épurée par
la souffrance, s'imprégnait chaque jour davantage de l'esprit
véritable du Christ. La touchante figure de l'Homme-Dieu
honni, torturé, mis à mort pour le salut du genre humain,
était pour lui un modèle parfait, et un encouragement
sublime.

Aussi voulut-il, à l'exemple de la divine Victime du Cal-
vaire, pardonner d'avance à ses bourreaux. Depuis longtemps
déjà, il ne se faisait guère d'illusions sur l'issue fatale de sa
captivité. Une nuit particulièrement il se sentit agité par des
appréhensions plus vives, et écrivit à sa famille l'admirable
lettre qu'on va lire :

« ...Je ne sais quel pressentiment m'empêche de dormir,
« et me porte invinciblement à vous adresser quelques
« paroles dans le silence de la nuit.

« Je vous déclare, dans toute la sincérité de mon cœur, que
« je pardonne à tous ceux qui me font subir cette injuste
« captivité, comme je désire que Dieu me pardonne à moi-
« même les fautes que j'ai pu commettre.

« Ne cherchez pas à connaître les noms de ceux qui me
« retiennent ici contre toute justice et toute raison ; et sur-
« tout ne cherchez jamais à en tirer aucune vengeance
« directe ou indirecte. »

Les sinistres pressentiments qui troublaient le repos du
président-martyr n'étaient que trop fondés ; mais un odieux
incident vint leur donner quelques jours plus tard une con-
sistance plus grande encore.

Le lundi 3 avril, à 10 heures et demie du soir, un des délé-
gués de la Commune, dont nous tairons ici le nom, conçut
l'infernale pensée de venir troubler le sommeil de ses
victimes, et insulter par ses sarcasmes à leur malheur.

Le président Bonjean, dont la santé était déjà très altérée
par les angoisses et les privations de la captivité, succédant
à celles du siège, était couché dans sa cellule en proie à une
fièvre violente.

L'impitoyable visiteur vint s'asseoir auprès de son lit, et
entama l'entretien en ces termes :

— « Citoyen président, tu ne sais pas la nouvelle. Nos
« troupes sont à Versailles. Nous avons déjà fusillé Jules
« Favre, Jules Ferry, Jules Simon, tous les Jules de la Dé-
« fense, c'est te dire que tu ne resteras pas longtemps ici, et
« que tu suivras bientôt le même chemin. »

— « Cela importe peu, répondit l'impassible magistrat.
« C'est infâme à vous, jeune homme, de venir insulter un
« vieillard malade et qui ne peut vous répondre. Je mourrai
« avec la conscience plus tranquille que vous. — Retirez-
« vous ! »

Dompté malgré lui par cette supériorité morale, le geôlier
obéit sans répliquer à l'ordre de son prisonnier.

Mais, à la suite de cette abominable comédie, le président Bonjean, qui s'attendait à chaque instant à être massacré dans sa prison, voulut du moins envoyer à sa famille un dernier adieu.

Dès qu'il se trouva seul, il écrivit d'une main ferme la lettre qu'on va lire, et dont l'original ne porte pas la moindre trace de trouble ou d'émotion :

Paris, ce lundi 3 avril 1871, 10 h. 1/2 soir.

« Mes chers bien-aimés, à 10 heures et demie, je reçois le « soir, dans ma cellule, la visite d'un membre ou d'un délé- « gué de la Commune qui m'annonce que la Commune vic- « torieuse est maîtresse à Versailles; que l'Assemblée est en « fuite; que plusieurs de ses membres ont été fusillés; que « quant à moi, mon sort sera *promptement décidé!*

« Le ton dont ces paroles ont été prononcées contient évi- « demment une menace... Laquelle?... Je ne sais. Mais quelle « qu'elle soit, je subirai ma destinée et saurai mourir au « besoin, en honnête homme, en magistrat et en chrétien.

« Deux sentiments troublent seuls le calme dont je jouis, en « ce qui touche ma personne... Le premier est la crainte de « voir (que dis-je, il est probable que je ne le verrai pas!) « de prévoir que l'armée prussienne saisira ce prétexte pour « s'emparer de Paris et démembrer encore notre pauvre « France; le second, c'est le regret de vous laisser ainsi sur « la terre privés de votre protecteur naturel, mes bien-aimés.

« J'aime à espérer qu'au moins vous saurez profiter des « conseils que ma prévoyante tendresse vous a si souvent « répétés depuis quelques mois surtout.

« Croyez, mes bien-aimés, que c'est là pour vous la voie du « salut et celle de l'avenir.

« Adieu, adieu, que Dieu veuille ratifier les bénédictions « que mon ineffable tendresse appellera sur vous jusqu'au « dernier soupir.

« Adieu, sainte et noble compagne de ma vie ; puise dans
« les croyances religieuses la force nécessaire pour supporter
« une séparation qui, à raison de la différence de nos âges,
« devait arriver dans bien peu d'années ; vis pour nos enfants.

« Et vous, mes chers enfants, que ma triste destinée ne
« vous empêche pas de croire que, toutes choses balancées,
« celles de ce monde et celles de l'autre, le mieux est encore
« incontestablement de *faire son devoir*, quoi qu'il puisse en
« advenir.

« Je n'ose prolonger cette lettre qui peut-être ne vous par-
« viendra jamais.

« Je vous embrasse bien tendrement tous, en vous bénis-
« sant mille fois du fond de mon cœur.

B.

« Je vous déclare de nouveau, très solennellement, mes
« bien-aimés, qu'en sondant les plus profonds replis de mon
« cœur, je n'y trouve aucun sentiment de haine ou de ven-
« geance ni contre ceux qui m'ont si arbitrairement arrêté,
« ni contre ceux qui peut-être m'ôteront la vie. Autant donc
« que nous pouvons juger de notre propre cœur, j'espère
« pouvoir dire avec quelque confiance :

« Mon Dieu, pardonne-moi mes offenses, comme je les
« pardonne à ceux qui m'ont offensé. — *Amen.*

« Donnez une *récompense convenable* à celui de mes gar-
« diens ou à toute autre personne qui, ayant cette lettre à
« sa disposition, aura l'humanité de vous la faire tenir.

« Que mon sang serve d'expiation à mes fautes et ne
« retombe sur la tête de personne ! »

L'enveloppe de la lettre portait comme suscription : « A
remettre à mon fils; mais seulement après ma mort. »

On voit combien, dès le début de sa captivité, le président
Bonjean était prêt à affronter l'épreuve redoutable que la

Providence avait réservée à cette âme vaillante et généreuse.

Mais il nous faut maintenant en venir aux derniers jours de l'illustre magistrat, et suivre ce caractère inébranlable dans les affreuses angoisses de la lutte finale. Le 17 mai, la Commune avait décidé que toute exécution de gens de son parti serait immédiatement suivie du massacre d'un nombre triple d'otages. Dès ce moment, le président Bonjean n'eut plus le moindre espoir de survivre aux terribles combats, dont les échos lui arrivaient au fond de sa prison.

Mis en présence du sacrifice suprême, ce héros du devoir conçut le scrupule étrangement sublime d'avoir exagéré ses charges d'homme public au détriment de ses obligations de père de famille. Cinq jours avant sa mort, il écrivit à son fils aîné une lettre, où il expose dans les termes suivants cette dernière hésitation de sa conscience :

« Crois bien, mon cher enfant, que la mort n'a rien qui
« m'épouvante.

« Si je n'ai pas été aussi exempt que je le voudrais des
« fautes et des faiblesses inhérentes à l'humaine fragilité,
« j'aime à espérer que la justice divine fera entrer en com-
« pensation tant d'années consacrées au travail et à l'accom-
« plissement de mes devoirs comme époux, comme père,
« comme citoyen, comme fonctionnaire. Je remettrai donc
« mon âme, avec une certaine crainte, sans doute, mais aussi
« avec une crainte tempérée par la confiance, dans les mains
« du Juge suprême, qui seul peut sonder les cœurs.... Ah ! oui,
« si j'étais seul, cette mort qui peut m'atteindre dans quel-
« ques jours, dans quelques heures peut-être, n'aurait rien
« qui pût me troubler beaucoup ; mais je ne suis pas seul...

« Ah ! c'est là surtout que se trouve l'amertume de mon
« calice ! Et en certains moments, cette amertume atteint
« presque les proportions d'un remords ; il y a des moments
« où je me demande si j'avais bien le droit de compromettre
« cette vie si précieuse pour remplir peut-être avec exagé-

« ration mes devoirs d'homme public et de magistrat... »

S'adressant ensuite à celle qu'il désignait toujours sous le nom de sa « sainte compagne », le Président poursuit :

« Aux mérites déjà si grands de ta vie si pure, il faut ajou-
« ter un mérite nouveau, celui de supporter ma perte avec la
« résignation d'une chrétienne... Arme-toi de courage, soigne
« ta santé. Continue à être ce que tu fus toujours, l'âme et la
« lumière de notre famille, c'est la suprême prière que je
« t'adresse en ce moment solennel. »

Le lendemain 20 mai, l'inébranlable magistrat adressait à ses fils ses derniers conseils, qu'il terminait par ces admira-bles paroles :

« ... Que la persécution que je souffre et la mort sanglante
« qui, d'un moment à l'autre, peut terminer ma laborieuse
« vie ne soient pas pour vous une cause de découragement.
« Ne dites pas : A quoi a servi à notre père ce long dévoue-
« ment à tous ses devoirs? Que n'a-t-il fait comme tant
« d'autres qui, moins austères, moins rigides, ont su se
« mettre à l'abri du danger, et jouissent maintenant d'une
« heureuse vieillesse ? Oh! non, ne le dites pas, et n'en croyez
« pas ceux qui vous tiennent un pareil langage; car, moi qui
« n'ai jamais trompé personne, moi qui voudrais encore
« moins tromper mes enfants dans ce moment solennel, je
« vous affirme que, si misérable que puisse être la fin qui
« paraît m'être destinée, je ne voudrais à aucun prix avoir
« agi autrement que je ne l'ai fait. C'est que le premier bien,
« mes chers enfants, c'est la paix de la conscience ; et que
« ce bien inestimable ne peut exister que pour celui qui peut
« se dire : J'ai fait mon devoir. »

Le testament moral du président Bonjean était achevé par ces derniers mots, il ne lui restait plus qu'à le signer de son sang.

Le surlendemain, 22 mai, les troupes régulières étant déjà

entrées dans Paris, la Commune résolut de transférer les otages de Mazas à la prison de la Grande-Roquette.

Le trajet s'effectua dans des conditions horribles. Une populace ivre de rage entourait la voiture, demandant, au milieu de vociférations ignobles et féroces, qu'on lui livrât les prisonniers, pour les mettre à mort séance tenante.

On arriva néanmoins au dépôt des condamnés, et, pendant les quelques heures qui leur restaient à vivre, les otages qui devaient être immolés ensemble le 24 mai, eurent la consolation de pouvoir s'entretenir à peu près librement.

Cette circonstance providentielle leur permit aussi de se préparer plus complètement à paraître devant le Souverain Juge. — Ce fut le Père Clerc, de la Compagnie de Jésus, qui reçut les dernières confidences du président Bonjean, et, pendant les journées du 23 et du 24 mai, on vit souvent ces deux hommes, si ardemment dévoués l'un et l'autre à l'honneur et au devoir, se livrer à des entretiens dont le caractère intime fut religieusement respecté par leurs compagnons de captivité.

Une joie suprême était d'ailleurs réservée par la bonté de Dieu à ces martyrs du devoir, de la vérité et de la justice. — Les Pères Jésuites avaient réussi à se procurer secrètement des Hosties consacrées, et ils partagèrent fraternellement ce précieux trésor avec les autres otages.

Nourris de la Chair sacrée du divin Rédempteur, ces nobles témoins de Jésus-Christ purent donc attendre avec sérénité le coup fatal, qui devait leur ouvrir les portes de la vie éternelle.

A l'une des dernières récréations passées en commun, le président Bonjean, dont la santé était très altérée, s'était assis dans la guérite d'un surveillant, et paraissait complètement absorbé par la lecture d'un livre qu'il tenait à la main. — Un ecclésiastique, actuellement curé d'une des paroisses de Paris, s'approcha alors de lui, et lui demanda ce qui occupait si fort son esprit. — « Je fais, répondit l'impassible magistrat, ce « que doit faire un homme qui se prépare à mourir, — je lis

« l'Évangile. » Et il montra à son interlocuteur le fidèle compagnon de sa captivité, son exemplaire du « Nouveau Testament ».

Cependant l'heure du sacrifice approchait. — Le 24 mai, un peu avant huit heures du soir, une troupe armée pénétra dans l'intérieur de la prison ; et ceux qui la conduisaient firent l'appel des six victimes qu'on avait désignées. Mgr Darboy, le président Bonjean, l'abbé Deguerry, et trois autres ecclésiastiques, furent successivement nommés.

Le funèbre cortège se mit alors en marche. Le président Bonjean conservant, dans cette dernière épreuve, toute son indomptable énergie, se trouvait à côté de l'Archevêque de Paris, et comme celui-ci, poussé brutalement par un des misérables qui escortaient les otages en les accablant d'injures, menaçait de perdre l'équilibre, l'héroïque magistrat le soutint, et lui dit d'une voix ferme : « Allons, Monseigneur, « appuyez-vous sur mon bras ; c'est le bras d'un ami et d'un « bon chrétien. »

En arrivant à l'angle du chemin de ronde, où devait se terminer cette lugubre scène, le Président dit encore au vénérable Pontife, en lui désignant leurs bourreaux : « Montrons- « leur comment un Prêtre et un Magistrat savent mourir. »

Après une courte prière, les victimes se rangèrent devant le mur de clôture extérieur. — Le président Bonjean, les bras croisés sur la poitrine et le regard fièrement fixé sur ses meurtriers, attendit la mort avec cette inébranlable force d'âme qui ne l'avait pas abandonné un seul instant depuis le début de cette terrible épreuve.

Quelques secondes après, un feu de peloton irrégulier, suivi de quelques coups isolés, vint ébranler la prison ; — les martyrs venaient d'entrer dans l'éternelle béatitude promise à ceux « qui souffrent persécution pour la justice » !

PARIS. — IMP. P. MOUILLOT, 13, QUAI VOLTAIRE. — 45935.

www.ingramcontent.com/pod-product-compliance
Lightning Source LLC
Chambersburg PA
CBHW072218210626
46818CB00014BA/2562